KB211666

오
후

네

시
의

달

《 P.S 기획시선 6

오후 네 시의 달

김남권

눈물은 언제나 가슴을 적시고 떨어진다
별이 가슴속에서 반짝이듯이

물은 언제나 낮은 곳으로 흘러간다
꽃이 땅의 심장으로 핏줄을 뻗어가듯이

그리움은 언제나 아픈 기억을 따라간다
사랑이 예고 없이 눈을 뜨듯이

오늘 아침 물안개가
나를 푸르게 물들이고 하늘로 올라갔다

팔월의 오후 네 시,
연분홍 폭설이 나를 묻고 지나갔다

서시 5

제1부 묵향, 나비의 몸짓이 되어

모든 별에는 수명이 있다 10 / 손금 물고기 12 / 겨울 장마 14

꽃등처럼 15 / 굿이라도 하던지 16 / 서부시장 가는 길 18

수드라여, 수드라여! 19 / 사상누각 20 / 신세계는 없다 22

공항 가는 길 24 / 사람아, 아름다운 사람아 26 / 운명처럼 28

청호, 다이노소어 29 / 고래가 하늘을 헤엄칠 때 30

묵향, 나비의 몸짓이 되어 31 / 테스 형 세상이 왜 이래 32

살다 보면 34 / 사랑하는 법을 깨달을 때 36 / 마지막 걸음마 38

별 찾아 가는 길 39 / 비밀 언어 40 / 각질만평 42 / 비정한 거리 44

제2부 오후 네 시의 달

아버지의 구두 46 / 사잣밥 48 / 설 전날 저녁, 혼자 막걸리를 마시다 49

연어와 석류는 동족이다 50 / 팡팡 블랙리스트 51

그대, 지리산으로 가라 52 / 철암역에서 길을 잃다 54

우수가 돌아왔다 56 / 오래된 벽 57 / 우수雨水에서 우수憂愁까지 58

얼음 연못 59 / 솜다리꽃 60 / 달이 기울다 61 / 하늘 가는 길 62

오후 네 시의 달 64 / 오후 세 시의 낮달 66 / 엄마 별 보러 갈래 67

0월에 달이 없다 68 / 부탄Bhutanisem 70 / 간월도에 가야 한다 72

헤어질 결심 74 / 호접란에게 76

제3부   오래된 사랑 노래

사각충 78 / 노숙路宿의 아침 79 / 등대는 눈물이 절반이다 80

물의 기원 82 / 토닥토닥 83 / 곡우哭愚 84 / 옹알이 86

종심從心 87 / 예수를 고발한다 88 / 어쩌면 위로 90

눈물탑을 허물다 92 / 궁남지의 달 94

배추의 장례식엔 아무도 오지 않았다 95 / 두부 인간 96

새벽닭이 우는 이유 98 / 국화 앞에서 99 / 영미네 불주꾸미 100

꽃 발자국 101 / 복숭아나무에게 102 / 부론 강가에서 울다 104

유월有月 105 / 오래된 사랑 노래 106 / 어떤 바보 이야기 108

제4부   쇼는 계속 되어야 한다

역린 112 / 쇼는 계속되어야 한다 114 / 똥 싼 놈이 성낸다 116

사월의 노래 118 / 무식하면 공부라도 하던지 120 / 까막눈 122

도리도리 짝짜꿍 124 / 망국의 길 126 / 824 정육의 날 128

물안개를 배웅하다 129 / 지금은 석조시대 130

하늘의 눈을 감기다 131 / 북북 찢어 놓고 132

바다로 돌아가야 한다 134 / 대마도로 가라 136

동강 나루 연가 138 / 태초의 기별 140

제1부

묵향, 나비의 몸짓이 되어

모든 별에는 수명이 있다

말 한 마리를 키웠다
첫돌이 지나자 말도 말을 시작했다
말은 수만 가지라고 들었는데 도무지
알아들을 수 없는 말이 너무 많았다
말을 통해 인간이 만들어지고
말을 통해 말다운 말이 되는데,
말을 이해하지 못하는 말들이 늘어갔다
어디서 굴러먹었는지
말의 도리도 모르는 말종들이 새끼를 낳아
또 다른 말종들의 세상을 만들었다
한순간, 말이 안 먹히고 말은 미친개가 되었다
말을 제대로 배워 사람이 되라고 학교에 보냈더니
제 버릇 개 못 준다고 말종 애비의 피를 이어받아
스승을 패고 욕보이는 말종이 되었다
스승의 그림자도 밟지 않는다고 하는데
말종 애비들은 개도 안 물어가는 돈과 권력을 앞세워
매 순간 꿀처럼 뽕을 빨아가며
착하고 순한 말들이
세워놓은 세상을 뒤집어 놓았다
지금 강남에 가면 '거미'네 집에 무리 지어 사는
말종들이 말도 안 되는 세상의 속살을 파먹고 있다

오후 네 시의 달

천년만년 살 것처럼 눈을 까뒤집은 채
먹이를 사냥하고 있다

그러나 모든 별에는 수명이 있다

손금 물고기

젊은 남녀가 두 손을 맞잡고 횡단보도를 건너온다
나이 든 남녀가 두 손을 엉거주춤 잡고
횡단보도를 건너간다
사람들은 언제부터 손을 잡았을까
언제부터 손으로 말을 걸기 시작한 것일까
팔짱을 끼고 가는 사람보다
어깨에 손을 두르고 가는 사람보다
손을 잡고 가는 사람들은 착하다
마음의 온도를 전하기 위해 맞잡은 손엔
각자 살아온 삶의 무늬가 새겨져 있다
지문과 지문이 맞닿으며 말을 걸어오고
쉬지 않고 흐르는 지문의 물길을 따라
숨겨놓은 유전자 정보가 넘어가고 넘어온다
백일이 갓 지난 아기도
오십 년을 넘게 살아온 사람도 모두
흠잡을 데 없는 심장의 온도로
눈을 맞춘다

그리하여 손을 마주 잡고 걷는 사람의
손바닥엔 푸른 별이 하나씩 돋아난다
두 손을 놓고 집으로 돌아갈 때도
손바닥에 남은 손금 물고기 몇 마리,
너를 담은 파도를 친다

겨울 장마

그대가 온다는 소식을 들었다
날은 저물고 길은 어두워지는데
마중 나간 사람도 돌아오지 않는데
별이 지기 전에 돌아올 수 있을까?
새벽이 오기 전에 달을 볼 수 있을까?
개울물 소리는 창문 열고 들어오는데
바람의 숨소리는 시간의 음표를 건너오는데
흰 눈으로 오는 그대는
푸른 가슴에 꽃무릇 한 송이 남겨 놓고
겨울나무 가지 위
겨우살이로 살아남아
내게 올 수 있을까
그대가 멀리서 오고 있다는 말을
바람이 전해주었다
억수 같은 장대비가 나뭇가지를 적시고
몇 날 며칠, 밤새워 울었다
텅 빈 가지 끝으로 순한 아가미가 돋아났다

꽃등처럼

그대를 만나려고 꽃등처럼 왔다
그대의 눈빛을 만나려고 꽃의 뒤에서
사슴처럼 기다렸다
오늘이 가면
언제 또 만날 수 있을까
바람 부는 방향을 따라가며
그대의 숨결을 저장했다
별빛의 방향을 따라가며
그대의 무늬를 생각했다
숨 한 번 크게 쉬지 못한 채
그대의 뜨거운 가슴을 만나려고
다시 올 새벽을 기다리며 나는
꽃등처럼 왔다

굿이라도 하던지

'약사세요 약국' 앞을 지나가는데
초로의 남자, 담배를 피우며 횡단보도를 건넌다
한 손에는 휴대폰을 들고 한 손에는 담배를 들고,
횡단보도를 다 건넌 남자는
피우던 담배를 끄지도 않고 화단에 버리고
유유히 지나간다
앗, 뜨거!
느닷없이 불의 기습을 받은 화단,
제집에도 저런 꽃들이 자라고 있을 텐데,
저 혼자 피운 담배를 왜
길바닥에 버리는가
사람이 가는 곳마다 꽁초 세상이다
그리고 그 더러운 입을 열어 말을 하기 시작한다
뻔뻔하기가 을사오적과 같고
메스껍기가 계묘오적 저리 가라다
함부로 꽃을 욕보이지 마라
아무짝에도 쓸모없게 물들어가는 몸뚱이로
길바닥을 걸어 다니며 하늘을
욕보이지 마라
잠깐 연기를 피워 바뀔 세상이 아니다
꽃은 질 때 반드시 다시 필 것을 약속한다

오후 네 시의 달

감히 너 따위가 더러운 불씨를 던진다고
마를 씨앗이 아니다
너에겐 차마 좆밥도 아깝다

서부시장 가는 길

그녀의 허리는 굽은 지 오래되었다
이는 강물 속의 별을 따라갔는지 소식이 없고
입술은 촘촘한 실개천을 끌고 와 빈 웅덩이에
바람 소리만 적셔두었다
무엇을 더 먹을 수 있을까
얼마나 더 먹어야 저 고요한 호수는 메워질까
태초에 은하수가 태어났던 곳
태초에 세상의 탯줄로 가득했던 곳
이제는 심장 소리마저 천천히 들려오는
가슴을 열어 마지막 음표를 내려놓는다
인도 위에 좌판을 펼쳐 놓고
옥수수 밤 더덕 호박잎 풋고추 깻잎을 파는
할머니들 앞을 무심하게 지나간다
저 고개를 넘으면 다시 돌아올 수 있을까
저 하늘가를 지나가면 노을을 다시 볼 수 있을까
보도블록이 그녀의 신발에 끌려가느라
고양이 울음소리를 내고
허리 굽은 바람이 따라왔다
파시를 준비하는 시장 사람들이 무심하게
보자기를 덮고, 구월의 저녁이 배앓이를 시작했다

수드라여, 수드라여!

나는 차상위 계층도 아니다
취약 계층도 아니고
생활보장대상자도 아니다
평생 배가 고팠는데 그럼 나는
부유층浮遊層인가
땅 밑에 가라앉은 퇴적층인가
알고 보면
차상위 계층도 취약 계층도
생활보장대상자도 모두
집도 있고, 차도 있고, 땅도 있다던데
평생 차를 가져본 적도 없고
집도 없고 땅도 없는 나는
특권층인 게 분명하다
군대도 다녀왔고, 교육도 받았고, 일도 하고,
세금도 내고, 환경도 지키려고 애쓰고 있는데
국가는 나에게 무엇을 해줬는가
이런 생각을 하다가
이번 생은 이미 글렀고 다음 생에 한 번 더
기회가 주어진다면 아유타라 왕국의 왕비로나
태어났으면 좋겠다고 생각한다

사상누각

청량리 588을 쫓아낸 자리,
육십오 층짜리 롯데 캐슬을 올렸다
미아리도 천호동도 용산도 도시 재정비라는 명목으로
서민들은 쫓아내고 부자들의 아지트를 만들었다
불법 윤락가라고 모든 언론사를 동원해
윤락업소를 단속하는 장면을 선보인 여경 출신 서장은
성매매와 전쟁을 선포한다는 명목으로 쇼를 하다 사라졌다
그곳에 살던 사람들은 또 다른 골목으로 밀려났고
그곳에서 일하던 여자들은 보도방으로 자리를 옮겨
24시간 배달 다방으로 마사지 업소로 노래방 도우미로
일을 계속하고 있다
쇼는 계속되고 있다
서민들이 부자와 특권층 노는 흉내를 내기라도 하면
불법을 내세워 철거반을 동원하고
수색영장을 발부하고 손해배상을 청구한다
자기들이 노는 세상은 온갖 불법과 탈세와 헌법부정의
썩은 내가 진동하지만
누구도 건드리지 않는다
더럽고 추한 것들이
착하고 선한 사람들의 본능까지 통제하며
거짓과 음모로 세상을 선동하고 있다

먹물들아, 제발
바람의 길목을 막지 마라
바람은 막는 순간, 돌풍이 된다

신세계는 없다

"이번 정류장은 신세계, 신세계 앞입니다
다음 정류장은 아이슬란드입니다
오로라를 보실 분들은 초록 망토를
준비하시기 바랍니다"
과거로부터 온 나는 한 번도
신세계를 들여다본 적이 없다
신세계에 들어가면 생전 처음 보는
루이뷔통도 있고
샤넬 넘버 5도 있고
발렌타인 30년도 있고
블루 사파이어도 있다는데
나는 맨날
야채 똥만 싸고
땀 냄새만 나고
막걸리만 마시고
오천 원짜리 다이소 시계를 차고 다니는데
왜 나는 신세계가 부럽지 않은 걸까
만약 아직도 내게 마지막 연애가 남아있다면
버스를 타고 아이슬란드로 가리라
그곳에서 밤새도록 해가 지지 않는 하늘 등대의
무지개를 바라보며

한 번도 사랑하지 않은 사람처럼
별빛의 언어를 속삭이리라

공항 가는 길

지상에는 우수에 가득 찬 해바라기꽃
지하에는 연민에 젖은 제비꽃
눈물의 온도를 재고 있다

한 번도 일러준 적 없는 공중을 날아
그대에게 가는 길은 허기진 주파수를 목욕시키고
달빛의 무늬를 가슴에 새기는 일이다

과거로부터 떠나온 시간이 소멸해야 문이 열린다는
김포공항 가는 길,
아버지를 잃어버리고 어머니를 잃어버리고
하늘의 시간마저 잃어버린 사람들이
물사슴의 눈빛을 맞추며 태초의 사랑 이야기를
달무리로 빌려왔다

양화대교를 건너고
행주대교를 건너고
성산대교를 건너서도 갈 수 있는 곳,
전생을 다하여 사랑하고
현생을 다하여 꿈을 꾸는 곳,

내 생의 마지막 순간, 태양의 신전에 올라

별의 우표를 붙이고

달의 소인을 찍은 택배를 그대 가슴에 배달하고

나는 바람의 가슴속으로 들어가

눈물꽃을 피울 것이다

사람아, 아름다운 사람아

배가 부른 저 여자 부럽다
제천 중앙시장 앞 읍천리 카페에서 차를 마시다가
서너 살쯤 되는 사내아이 손을 잡고
배가 불러 걸어가는 저 여자
어쩐지 낯설지가 않다
하얀 니트 원피스를 입고 자랑스레 배를 내밀고 가는 여자,
뱃속의 아기는 누워 있겠다
억지로 끌려가듯 딸려 가는 사내아이와
해거름 녘 마음이 바쁜 여자의 발걸음은
정의롭고 아름답다
아이도 하나 낳아 보지도 않은 사람이 대통령이 되면
안 된다
군대도 한 번 다녀오지 않은 사람이 장관을 하면 안 된다
위장전입을 한 사람이 국회의원을 하면 안 된다
탈세를 밥 먹듯 하고, 거짓말을 숨 쉬듯 하는 사람이
시의원을 하고 군수를 하면 안 된다
뱃속에서 아이가 보고 배운다
길거리를 걸어갈 때 남들이 욕한다
저 여자가 배를 내밀고 가도 떳떳한 이유는
부끄러울 게 없고
사람답게 잘 살아왔기 때문이다

오후 네 시의 달

사람이 사람의 도리를 못할 때
아이도 세상을 외면하는 것이다
천사는 하늘에서 오는 것이 아니라
신이 되어 이 땅에 온 순결한 여자의 자궁에서
태어나는 것이다

운명처럼

첫눈이 온다
예고 없이 다가온 첫사랑처럼
돌아갈 수 없는 하늘을 떠나온 하얀 나비 떼
지상의 머리 위에 내려앉았다
날개를 접었다 펼 때마다
투명한 향기가 몰려왔다
첫눈이 오고 있다고 전화할 사람도 없고
삼십 년 전 첫사랑이 기다리기로 한
청량리역 시계탑 앞으로 나갈 수도 없고
강물 속으로 수직 낙하하며
날개를 접는 흰 나비 떼만 하염없이 바라보다가
어머니의 날개가 생각났다
얼마나 오래 숨겨왔던 날개인지
스무 살도 되기 전에 나를 낳고
숨겨두었던 날개를 펴고
삼십여 년 전 그날로 돌아갔다
첫눈이 올 때마다 하늘 냄새가 나던 이유를
이제야 알겠다
어머니의 날개가 있던 자리,
남아있는 청록靑鹿의 냄새,
한강을 가로질러 육십삼 년 전
첫눈이 다시 오고 있다

청호, 다이노소어

줄을 당긴다
천오백 년 전, 지귀*가 내게 그랬듯이
핏줄이 펄떡거리며 뛰고 있다
여왕이 던져 주고 간 팔찌가 내 가슴에 닿는 순간,
활활 타올라 불새가 되었던
줄을 당긴다
배는 누웠다
거문고 줄 하나가 튀어 올랐다
수천 년을 물속에 잠들어 있던 줄이
허공을 울었다
속세를 떠나는 사람들은 이 배를 타야 한다
줄을 당기고
줄을 물어야 한다
핏줄이 끊어질 때까지
아바이가 나를 부를 때까지
북을 울려야 한다
소리를 질러야 한다

_____

* 선덕여왕을 짝사랑하다가 죽어 화귀火鬼가 된 지귀의 사랑을 담은 설화에서 인용했다.

고래가 하늘을 헤엄칠 때

하느님을 보려고 몸부림을 쳤을 거다
호수 바닥에 발목이 잡힌 채로
수십 년을 버티고도 생을 포기하지 않은 이유는
일 년에 한 번 하느님 얼굴을 볼 수 있기 때문이다
사람들의 눈에는 보이지 않는다는
그 모습을 보려고 연분홍 꽃잎을 하나씩 빚어
합장한 채 절을 올리면
하느님은 환하게 웃으며 반겨주신다
그때마다 호수의 수면이 흔들렸다
물결을 어루만지는 하느님 손길에
연꽃도 간지럼을 탔다
꽃대가 흔들리고 뿌리가 기지개를 켰다
풀꽃 어린이집 아이들이 일제히 웃음꽃을 터뜨릴 때
온 마을이 환해지는 것처럼
호수 가득 연꽃이 피어나면
하느님도 흐뭇해서 낮잠을 주무신다

묵향, 나비의 몸짓이 되어

해어화로 피었다
말 한마디 없이, 향기 한 모금 없이
수천 개의 눈빛을 이끌고
손끝 발끝 입술의 끝
구름 속 대지를 열어
텅 빈 침묵을 가득 채웠다
통증이 몰려오다가 눈물이 솟구치다가
피를 토했다
바람이 불어왔다
천 년 전, 그 날의 바람이
옷깃을 매만졌다
천장 가득 나비가 날았다

테스 형* 세상이 왜 이래

영등포역 5번 출구를 나섰다
'예수 천당, 불신 지옥' 어깨띠를 두른 남자가
핸드마이크를 들고 핏대를 세워가며
한파를 가르고 있다
"예수 믿고 회개하면 누구나 천국에 갈 수 있습니다"
"회개하고 구원받지 못하면 지옥에 떨어집니다"

롯데백화점 입구에 누워있던 예수가 벌떡 일어나
버럭,
"우라질 진작에 지옥인 줄 알고 있는데,
어디로 가라고 지랄이야"
지나가던 사도 세자가 클클클 웃었다

지하상가에서 굴뚝 연기 같은
사람들이 두 손 가득 죄를 들고 쏟아져 나왔다
오늘 아침 뉴스엔 정략 결혼한 어떤 부부가
또 세금으로 해외여행을 다녀왔다고 했다

---

* 나훈아의 노래 가사를 인용함

장모도 마누라도 그 똘마니들도
모두 도둑놈에 사기꾼이라는데,
콩나물값 라면값 소줏값도 오른다는데
청년들은 일자리가 없다는데
서민들 주머니 털어 부자들 먹여 살린다는데,

길거리에 넘쳐 나는 예수는 누가 구원할까

살다 보면

살다 보면
그냥 살다 보면
살아진다

살다 보면 꽃피는 날 있을 거야
바람이 불어와 온통 가슴을 흔들어 놓고
갈 때도 있겠지만
살다 보면 언젠가는 그늘을 드리우는 나무가
되어 있을 거야

강물이 소리 없이 흘러 바다로 가는 동안
네 가슴의 슬픔을 안아 줄 거야

살다 보면 그냥 살다 보면 살아진다
살다 보면 별빛인 날 있을 거야

어둠이 밀려와 온통 눈앞을 가려 놓고
갈 때도 있겠지만
살다 보면 언젠가는 향기를 드리우는
꽃밭이 되어 있을 거야

강물이 소리 없이 흘러 바다로 가는 동안
네 가슴의 상처를 안아줄 거야

살다 보면 그냥 살다 보면
눈 녹듯이 그냥 살아질 날 있을 거야

바람이 불어도 꽃잎이 지지 않고
어둠이 몰려와도 가로등 불빛 환한
그런 날 있을 거야

살다 보면 살다 보면 살다 보면
언젠가는 내가 너의 등대가 되는
그런 날 있을 거야

사랑하는 법을 깨달을 때

해바라기가 꽃을 피울 때 보았다
얼굴만 한 꽃송이 하나를 피우기 위해
바람 속에 남아있는 햇살의 체온을 불러와
겉잎을 하나 열고
겉잎을 두 개 열고
겉잎을 세 개 열고
물안개의 기억이 남아있는
꽃이파릴 하나씩 열고 나면
수백의 여물지 않은 낱말들이 고개를 들어
말을 걸어온다

숲에 들어가 보면 알 수 있다
순하고 여린 짐승들이 놀라지 않고
뛰어다니는 것만큼 안도의 한숨이 쉬어지는 이유를,
짐승들이 배곯지 않고 살아가는 동안
인간이 사는 세상도 평화로워진다
그 순하고 여린 눈으로 사람을 볼 수 있을 때
풀이파리 하나도 아름다워진다
어머니가 나를 낳고 처음으로 입 맞추던 순간
창밖으로 함박눈이 내리던 것처럼,

해바라기가 꽃을 피울 때를 기다려
사랑하는 법을 배워야 한다

마지막 걸음마

고희를 훌쩍 넘긴 어머니 불편한 다리를 끌고
버스에서 내린다
황금 보자기에 싼 커다란 보따리 하나를 들고
절뚝절뚝 원주터미널을 빠져나간다
오래전부터 그 길을 걸어왔다는 듯
두리번거리지도 않고
절뚝절뚝 유리문을 밀고 나간다
저 보따리 속에 바리바리 싸 들고 온 것은
그의 생애일 것이다
오래전부터 살아온 삶의 치열한 기억들이
콩 한 되, 고춧가루 한 봉지, 참기름 두어 병,
겉절이 한 통, 멸치볶음 한 통…
사 먹는 반찬은 금세 허기진다고
철 따라 바리바리, 저렇게 해 나르길 벌써 십수 년
마흔 넘은 딸년 아직도 철부지인 것만 같아
두 시간 남짓 시외버스를 타고
삼십 분 남짓 시내버스를 타고
고단하고 고단한 여정을 포기하지 못하는 것일까
다리는 여전히 절뚝절뚝
보따리는 휘청휘청
황금빛 엄마의 인생, 겨울이 저물고 있다

별 찾아 가는 길

길을 나선 지
육십삼 년이나 지났다

별이 보이지 않았다
집이 보이지 않았다
갈 곳도 보이지 않았다
가진 것도 없었다
어디로 가야 하나

핏줄 하나 없는 세상,
처음처럼
내가 걸어온 길을
걷고 걸어
돌아갈 곳이 없는 곳으로
돌아가야겠다

비밀 언어

부천역 앞 작은 카페에 언어장애인 부부가 들어섰다
편지 쓰듯 종이에 마시고 싶은 메뉴를 적고
자리에 앉아 손말을 한다
토스트를 굽고 커피를 마시는 동안
손짓 하나에 표정 하나 바쁘게 오고 가며
대화를 한다
분명히 크게 떠들고 있는데 조용하다
어디 가나 말이 넘쳐 나는 시절인데
티브이를 틀면 정치인들이 금방 들통 날 거짓말
잔치를 벌이는데
말을 저렇게 쉴 새 없이 해도 사방이 고요하다
살아가는 동안 나는 쓸데없는 말로
가까운 사람들에게 얼마나 많은
상처를 주었던가
세상 어느 곳에 있더라도 둘만 아는 손말을 한다면
얼마나 깊고 고요하겠는가
다른 사람들이 모두 쳐다보지만
다른 사람들은 못 알아듣는
그런 말을 나누며 은밀한 연애를 한다면
얼마나 좋을까
사랑하는 사람의 손 모양을 보고

오후 네 시의 달

입 모양을 보고 그 눈빛까지 그려내는
언어장애인 부부가 머물다 간 자리엔
선물 같은 에델바이스 한 송이 피어났다

각질만평

자고 나면 수천 개의

기억이 떨어져 나간다

육십삼 년, 내가 걸어온 길의 흔적들이 발바닥에

지문처럼 켜켜이 묻어 있다가 묵은 기억을 지우듯

부서지고 있다

요 위에 비늘처럼 쏟아지는 슬픈 흔적들,

아주 오래된 기억을 분리하듯

갈라 터진 발뒤꿈치를 갉아먹고 있다

피부가 수분을 놓았다는 건

기억의 세포들을 포기했다는 것

빛나던 순간들과 이별할 때가 되었다는 것

이만하면 잘 살았다고 등을 두드려 주는 것

어머니의 손을 잡고 아장아장 걸음마를 하던

그 날의 기억을 떠나

바람의 지문이 되고 있다는 뜻이다

아아 육십삼 년, 돌아보면 얼마나

가슴 뜨거운 날 있었던가

아침마다 발바닥에서, 머리에서, 수북하게

떨어져 나가는 기억들은

세상과 이별할 때가 되었다는 마지막 신호다

가장 아름다웠던 순간부터 하나씩 대지로

돌려보낼 시간을 찾아가는 것이다
우주 어느 분을 만나고 돌아와
숨은 기억의 꽃씨 하나를 틔우고
"아가, 이제 잘 시간이야" 묵은 체온을 얹어
가슴을 쓸어내려야 할 때다

비정한 거리

남자는 매주 금요일 저녁 열 시
합정역 7-1에 내린다

종로3가에서 강의가 끝나면
'김치살롱 전마담'에서 뒤풀이를 한다
'김치쌀롱 젖마담?'에서 김치가 나오는 걸
본 적은 없다
젖도 주지 않는다
다만 주인 마담이 유모였으면 좋겠다고
생각한 적은 있다
왜 전철에서는 전을 주는 사람도 없고
젖을 주는 사람도 없는지
핸드폰 화면에 얼굴을 처박고
눈도 마주치지 않는지
비정한 사람들은 엄마를 본 적 없고
유모도 본 적 없는 외로운 남자를
아무렇지 않게
동지섣달 긴긴밤 차가운 출구 밖으로 내몰고
태연하게 지나가는지
합정역 1번 출구를 나온 남자는 거리의 고아를 자청하는지,

1월 어느 밤 별빛은 고요히 눈을 감고 있는지

제2부

오후 네 시의 달

아버지의 구두

아버지의 구두 뒤축은 늘 밖으로
닳아 있었다
새 구두를 사고 석 달만 지나면
오른쪽 뒤축은 15도, 왼쪽 뒤축도 15도
기울어진 막걸릿잔처럼
몸 밖으로 길을 내고 있었다
안으로만 감싸고 돌았던 어머니의 신발은
안쪽으로 닳았지만 밖으로만 돌다가
밖에서 생을 마감한 아버지의 구두는
언제나 밖을 향해 닳고 닳았다
아버지의 구두는 아직 신발장 맨 위에 있다
아버지의 마지막 체온이 남아있는 구두 속엔
평생을 떠돌던 발바닥의 흔적이
닳아 없어진 15도의 기억으로 나를 내려다보고 있다
아버지 구두 옆에 나란히 자리 잡은 내 구두도
15도로 닳아 있다
평생을 밖으로만 돌아다니는 역마살을 타고 난,
몸이 기억하는 유전자는
막걸리 한 잔 속 거나해지면 나오던
"그대의 싸늘한 눈가에 고이는 이슬이 아름다워
하염없이 바라보네,

내 마음도 따라 우네,
가여운 나의 여인이여~"
아버지의 허전한 '빈잔'을 가득 채우고,
밤은 깊어가고
두 켤레의 구두는 말이 없다

사잣밥

할머니 이승 떠나시던 날
문밖을 기웃거리던 짐승이 있었다
몇 날 며칠을 굶었던지
눈은 퀭하니 십 리는 들어가고
허리는 굽은 채 끈 떨어진 갓을 쓰고 있었다
어머니는 작은 소반에 밥 한 그릇을 담고
나물 몇 가지와 전을 담고
동전 세 닢을 담아 사립문 밖에 내놓았다
밤새 달빛이 먼저와 입맛을 다시고 새벽녘
첫닭이 울었다
문밖을 기웃거리던 짐승은 어느덧 자취를 감추고
어머니의 소반에 담긴 음식도
절반은 사라졌다
우리 할머니 어디쯤 가셨을까
배는 곯지 않으셨을까
살아서 오르내리던 대금이 고개 어디쯤
나를 마중 나와 계실까

설 전날 저녁, 혼자 막걸리를 마시다

설 전날 저녁, 불교방송 저녁 예불 소리를 들으며
혼자 막걸리를 마신다
부모은중경을 독송하는 스님의
예불 소리를 듣다가 가슴이 뜨거워졌다
부모의 은공을 갚으려면
오른쪽에 아버지를 업고 왼쪽에 어머니를 업고
수미산을 올라야 한다는데
살아서 불효한 죄를 가슴에 묻어 놓고
홀로 막걸리를 마신다
가족이란 모름지기 지지고 볶아도
명절에 떠들썩하게 모여 앉아
지나간 사연들을 쏟아놓으며 웃음보따리를
풀어 놓아야 하는데,
오는 이도 없고 갈 곳도 없는 저녁이 저물었다
밖은 어두운데, 바람도 없다
떠나는 길이 천도千到에 도달하면
묵은 혼도 천도天道 될 수 있을까
팔만사천 지옥을 돌아,
별이 새벽을 씻는 아침이 오면
흰 무리가 마중 나와 있는 숲속을 걸어가야겠다
별이 지는 방향으로 꽃잎이 지는 것처럼

연어와 석류는 동족이다

바닷속 깊이 들어갈수록 숨비소리는 길어진다
가슴 깊은 곳, 오랜 그리움을 키우느라
심장이 터진 여자의
핏줄은 석류가 되었다
알알이 연어의 심장에서 꿈을 꾼 씨앗들,
기수*에 머문 백 일을 기억하고
알래스카로 향했다
그렇게 오 년을 떠돌다 고향으로 돌아왔을 때
씨앗의 냄새를 기억해 내고는
강바닥에서 마지막 숨을 다해 뛰어올라
바다 냄새가 담긴 석류 알을 쏟아놓았다
석류의 빛깔을 기억하는 연어는
최후의 핏줄을 끌어모아 물속에 불을 놓았다
다시 봄이 오면 석류 가지엔 연어가 달리고
오대천엔 눈을 뜬 연어들이
눈부신 비늘을 반짝일 것이다
우리 어머니 마지막 소풍 떠나시던 날
알알이 붉은 조등 길목을 밝혔던 것처럼,
걸어가는 발자국마다 어린 석류가 꼬리를 흔들며
나를 따라올 것이다
오늘 저녁, 연어의 목을 쳐야겠다

---

* 민물과 바닷물이 만나 머물다 가는 곳

팡팡 블랙리스트

새벽을 연다고 했다
어떤 택배보다 빨리 고객들의 문 앞에 배달해 준다고
그들의 뒤편에선 무슨 일이 벌어지는지 신경 쓰지 않았다
청년 알바생이 폭염과 격무에 시달리고
택배 기사가 잠도 제대로 못 자고 과로에 시달리다
죽었다는 뉴스가 나올 때만 해도
설마, 했다
허위사실 유포, 명예훼손이라는 15,000명의 자의적인
블랙리스트가 공개되고 나서야 검은 속내가 드러났다
돈밖에 모르는 파렴치한 집단이라는 걸,
사과와 반성은커녕, 기자와 유튜버, 알바생을
적대 세력으로 몰아붙이며 폭군 왕조의 독재 권력을
따라 하는 쿠폰이 팡팡 터지는 기업이 아니라
돈은 터지고 아까운 목숨들을 벼랑 끝으로 내모는
돈 버러지 기업이었던 것이다
나도 자발적 블랙리스트가 되기로 했다
이전에도 앞으로도 영원히 이용할 일 없는
쿠폰도 필요 없고 팡팡 터지는
행운도 필요 없는

그대, 지리산으로 가라

겨울 나비를 만나려거든 지리산으로 가라
세석평전에 올라 아직 지지 않은
나뭇잎을 어루만지며 봄이 오기를 기다리는
간절한 숨결을 만져 보아라
천상과 지상의 경계가 다르지 않은 곳,
사람의 그리움이 날개가 되는 곳,
겨울 나비를 만나려거든 지리산으로 가라
밤새워 내리는 하얀 나비들의
소리 없는 날갯짓을 받들고
차갑게 식지 않는
별빛들의 함성소리를 들을 것이다
천왕봉에 오르지 말아라
그곳에 오르고 나면 더 이상 지상에서는
머무를 곳이 없어진다
뱀사골에 깃들어도 좋고 불일폭포에
깃들어도 좋다
지리산은 사람의 발자국을
함부로 남겨두는 곳이 아니다
사람의 발자국은 단풍나무가 화엄의 날개를 붙잡고
노고단에 오를 때까지 허락하는 것이다
이 땅의 모든 어머니 된 여자들의 혼이

지상에서 마지막으로 머무는 그곳,
겨울 나비를 만나려거든 지리산으로 가라
사랑하는 동안 나비의 체온으로
심장이 뜨거워지는
그대 지리산으로 가라

철암역에서 길을 잃다

폐광촌 철암역 앞 다리를 건너면
가파른 산자락을 간신히 이고 있는
잿빛 파문을 만나게 된다
사람 하나 비켜 가기도 비좁은 골목
마중 나온 봄 햇살마저 없었다면
벽 속에 갇혀서 콜록거리는
광부의 눈빛도 몰랐을 것이다
사십 년의 시간이 담벼락에 갇힌 채
퇴락한 지붕, 퇴락한 가로등에 매달려
가끔씩 날아드는 새들의 발걸음 소리와
꽃과 아이와 아낙들의 낮은 비명소리가
합판 한 장이 전부인 집의 경계를 풀고 있다
개구리처럼 언덕을 올라온 예닐곱 살 여자아이가
연신 '엄마~'를 부르다가
건너편 철암역 저탄장을 망연하게 쳐다보다가
막다른 골목을 돌아 나오는 엄마, 소리를 주워 담는다
골목길은 모두 막혔거나 모두 이어졌다 사라진다
사람들은 모두 누웠거나 흩어졌다가 사라졌다
골목 끝 더 이상 우물이 아닌
두레박에서 건져 올려진
엄마의 치마, 그 치맛자락 꽃무늬가

구불구불 미로의 담벼락을 따라 피어났다
나비가 없는 쓸쓸한 꽃잎
입을 틀어막고 피어났다

우수가 돌아왔다

우수雨水가 되려고 새벽 내내

비가 내렸나 보다

깊은 잠에 빠진 봄을 깨우려고

나뭇가지에, 강물 위에, 사슴의 머리 위에,

소란스레 빗물이 닿았나 보다

별빛도 없는 길을 걸어 내려와

살아 숨 쉬는 모든 것들의 이마 위에

그리움을 건너온 흔적을 남겨두었나 보다

시간이 공간의 꼬리를 물고

대지에서 공중 빈 곳으로 비상할 때

새들은 오랫동안 숨겨왔던 푸른 날개를 열어

천고의 길을 만든다

대지 위로 눈물이 흐르고

강물 위로 눈물이 모여든다

겨우내 참았던 슬픔이 편지 쓰듯

가슴속에 노래의 무늬를 만들고

꽃길 너머로

하늘의 문장이 완성되었다

경칩이 문밖에서 나를 기다리고 있다

오래된 벽

오래된 벽은 벽으로만 있기가 답답했던 거다
얼마나 지루하고 허전했으면
일곱 살이 지나고도 바지에 오줌을 싸는
소년처럼,
벽 여기저기 꽃을 피우고 자랑스럽게 웃고 있던 거다
개구쟁이처럼 사방을 뛰어다니며
주인 몰래 꽃을 잔뜩 그려놓고
시침 뚝 떼고 있었던 거다
외로움의 흔적을, 기다림이라는 영역 표시를 해놓고
무작정 버티고 있었던 거다
한 겹 벗겨내면 내 아버지의 담배 냄새가 배어 있고
또 한 겹 벗겨내면 내 할머니의 손때 묻은 지문이
딸려 나오는 그 오래된 벽지는
식지 않는 체온이 고팠던 거다
소년이 아버지 나이를 지났을 때까지 기다려
마지막 꽃을 피웠던 거다
아버지도 없고 할머니도 없는
꽃무늬 벽지 속에서
꽃 숨을 쉬고 있었던 거다

우수雨水에서 우수憂愁까지

우수 무렵, 강물이 불었다
지난 계절 한파 속에 결빙되었던 슬픔이
싼거리 떨이하러 나온 아낙의 치맛자락에
소복이 담겨 나를 따라왔다
우수가 되려고 밤새 폭우가 쏟아지고
놀란 강물은 진저리를 쳤다
외롭고 허기진 빗방울이 새벽 창가를 노크하는 동안
아버지가 다녀가셨다
발바닥이 닳아 해진 구두를 끌고
우수憂愁를 건너와 아무 말 없이 나를 지켜보셨다
육십 평생, 스스로 다려놓은 슬픔의 바지를 입고
대금이 고갯마루 어디쯤 마중 나와 있는
당신의 어머니를 만나셨을까
밤새 불어난 강물 위로
뿌우 뿌우, 빠가사리 울음소리가 창문까지 따라왔다
수릿재를 넘어가는 새들의 발걸음 소리
이명처럼 들려오고
술 취한 별 하나가 나를 따라왔다

　　　　　　　　오후 네 시의 달

얼음 연못

꽁꽁 언 연못 속에서 겨울을 나는 물고기를 보았다
바쁠 것도 없고 급할 것도 없는 몸짓으로
수면 아래를 유유히 헤엄쳐 지나간다
마음대로 사랑도 하고
새끼들을 피신시키려고
다급하게 움직이지 않아도 된다
이 평화로운 시간은 얼마 가지 못할 것이다
얼음이 녹고 나면 시시때때로 위험이 닥쳐올 것이다
두루미도 왜가리도 굶주린 눈알을 번뜩이며
순식간에 내 친구들과 가족들을 물고 갈 것이다
가끔 인간들의 발걸음 소리가 들려오면
모두 숨을 죽이고 수풀 속으로 숨어야 한다
인간들은 무자비하기 때문에 한꺼번에 일가족이
몰살당해 멸문지화를 당하기도 하고
통째로 누군가의 내장 속으로
빨려 들어가기도 할 것이다
세상에 봄이 오면 만물이 깨어나고
새싹도 돋아나지만
연못 속엔 다시 전쟁이 시작된다
얼음이 어는 순간이 가장 행복한 순간이다
함부로 얼음 연못을 깨지 마라

솜다리꽃

달빛이 옷 벗는 소리에 잠이 깨고 말았다
하얗게 눈부신 살결에 소름이 돋아나고 있었다
지난밤 별들은 아직 잠들지 못하고
강물 속에 빠져 이른 몸을 씻느라
물비린내가 났다
너를 만나지 못한 후유증 때문인가
새벽 내내 불머리를 앓았다
오래 앓은 두통처럼 절정의 신음처럼
아침이 오고 있었다
달빛도 한 줌 별빛의 온도에 녹을 수 있다는 걸
처음 알았다
오래 그리우면 작은 불빛에도 원망이 스며들 수밖에
없다는 걸 처음 알았다
너를 기다려온 시간 동안 공중 한가운데
보이지 않은 선 하나가 팽팽하게 당겨지던 순간을
기억한다
초저녁 달빛의 웅성거림을 지나
새벽 별빛이 촉촉이 젖는 침묵을 지나
어쩔 수 없이 아침을 맞이한 지금,
나는 오랫동안 한 사람의 혼불을 기다려온
솜다리꽃 한 송이의 뒤척거림에 눈을 떴다

달이 기울다

내 어깨는 항상 기울어져 있다
엄마가 나를 업고 길을 나서면
그 어깨 위에서 엄마 냄새를 맡으려고
한사코 엄마의 가슴으로 파고드느라
엄마의 오른쪽 어깨가 기울고
내 왼쪽 어깨가 기울고
꽃이 기울고
바람이 기울고
하늘이 기울었던 것처럼
나는 지금
서쪽 하늘가 붉은 점 하나가 사라질 때까지
달의 온도가 나팔꽃 속으로 숨어들 때까지
너라는 별이
달의 반대쪽에서
전생을 건너온 물의 흐름이 되어
나를 향한 사랑의 기울기를 끝낼 때까지
너에게 나를 보낸다
나에게 너를 보낸다

하늘 가는 길

치매 걸린 노모가 눈을 쓸고 있다
다리가 불편한 아들이 눈길에 넘어질까 봐
새벽에 학교 가는 길을 따라
새벽 내내 눈을 쓸어놓았다
그 덕에 아들은 한 번도 넘어지지 않고
환갑을 지나고 칠순이 다 되도록
그 길을 쓸어준 사람이 엄마였다는 걸
엄마가 치매에 걸리고 나서야 알게 되었다
자신의 목숨보다 소중한 아들을 위해
평생 동안 눈길을 쓸어주고
어두운 길을 마중 나왔던 엄마가 아프다
한 번도 아들이 걸어가는 길이
고단하지 않도록 불을 밝혔던 엄마가 아프다
칠십여 년 동안,
한 번도 빛을 잃은 적 없던 새벽 별이
깜빡깜빡 흔들리고 있다
수선화처럼 향기나던 별빛이 기억을 잃어가고 있다
칠순의 아들을 눈앞에 두고
아홉 살 아들을 눈에 담은 채
우리 엄마 눈을 쓸고 있다
세상의 마지막 길, 아름다운 기억만 간직한 채

우리 엄마 봄 길이 끝나는 언덕 너머
수줍은 별빛 사이로 하늘 가는 길을 열고 있다
환갑을 넘기고 고아가 된 사내 하나가
늦은 밤 가로등에 기대어 혼자 울고 있다

오후 네 시의 달

울지 마
그만 울어도 돼
매일 오후 네 시가 되면
네 곁에 있어 줄게
짜장면을 시켜 먹다가도
커피 한 잔을 마시다가도
오후 네 시가 되면 네 곁에 있어 줄게

하루해가 지기 전,
더 이상 눈물이 흐르지 않도록
노을을 함께 바라봐 줄게
줄 수 있는 게 노을밖에 없을 때
노을처럼 너를 품에 안고 고백할게
마지막 사랑은 너일 것이라고
최후의 그리움을 빌어 하늘에 맹세할게,

아직
채워지지 않은 내 영혼을
너를 만나 완성할게
어딘지도 모를 곳에서 평생을 기다리고
누군지도 모르는 들판에서

한 번도 너를 잊은 적 없는데
빗물을 핑계 삼아 울지 않아도 돼

울지 마
이제 그만 울어도 돼
오후 네 시가 되면
죽을 때까지 네 곁에 있어 줄게

오후 세 시의 낮달

오후 세 시 정각,
시계가 90도를 가리키는 직각의 선 너머에서
주파수를 타고 온 전파가
스마트 폰에 '세상의 빛'으로 떴다
나를 바라보는 유일한 눈빛,
직각이 180도를 향해 기울어 갈 때
물방울도 나눌 수 없는 관계는 스마트폰 화면 속에서
소멸의 분기점으로 치닫고 있다
사랑은 인수분해를 할 수 없는 것,
제로와 제로가 무한대가 되는 양자물리학의
원리를 무시하고 우주의 공간을 가로질러
주파수를 타고 그가 왔다
누가 자꾸 부르는 것 같아 뒤돌아봤더니
낮달이 떠 있었다고,
혹시 내 생각했냐고,
순간 왼쪽 가슴으로 고속전철을 움직이는
전기가 흘렀다고,
묻지도 않은 이야기를 쏟아놓고
'세상의 빛'은 순식간에 주파수 밖으로 사라졌고
낮달은 폐허의 눈빛으로 나를
내려다보며 눈시울을 붉혔다

오후 네 시의 달

엄마 별 보러 갈래

엄마 생각나 잠 못 드는 밤
창문 밖에 작은 별 하나
밤새도록 나만 바라보고 있어요
반짝반짝 초롱초롱
나만 바라보고 있어요
잠도 한숨도 안 자고
내가 일어나면 슬그머니 사라지는
작은 별 하나
오늘도 꿈속에서 나만 따라와요

할머니 무릎 베고 잠들었는데
밤하늘에 작은 별 하나
밤새도록 나만 따라 왔어요
두근두근 쿵쾅쿵쾅
나만 바라보고 왔어요
잠도 한숨도 안 자고
내가 일어나자 슬그머니 사라지는
작은 별 하나
오늘도 꽃잎 속에서 나만 따라와요

0월엔 달이 없다

0月의 달은 아찔하다

육십 평생, 그런 달은 처음 보았다

눈부신 속살이 그대로 비치는 시스루 원피스를 입고

봉래산 정상 표지석 위에 내려앉아

노랑나비처럼 엉덩방아를 찧고 있다

서울에서 내려왔다는 사람들은 영嶺을 얼마나

넘어왔는지, 영永은 얼마를 지나왔는지

지친 기색이 역력한데 동강 한가운데

속치마를 벗어 던진 채 몸을 씻는 저 여인 뒤로

떠오른 달,

육백 년 전 홍위*가 서울을 바라보며 울었다는

자규루 위에 떠올랐다

오늘따라 늙은 0月驛長이 마중 나와 있는

영월역엔 된 바람 소리만 들려온다

태백 가는 길, 어느 골짜기 화전을 붙이는

사내를 따라 들어갔다는 첫사랑을 못 잊어 해마다

소나기재를 넘어와 낙화암 언덕 위에서

동강만 하염없이 바라보다 돌아간다는 사내는

마을 사람들도 행방을 알지 못한다

고씨굴 속으로 들어가 나오지 않았다거나

---

*   조선시대 세자시강원사서, 정언, 병조정랑 등을 역임한 문신.

노루목을 지나 춘양으로 갔다거나

혹은 만경대산의 부처가 되었다는 소문만
무성했다
해마다 시월 보름만 되면 청령포 그 사내처럼
쑥대머리 울음을 울었다고 한다
오늘도 염치없는 그곳, 영월에 가면 한 달 내내
눈부시게 아름다운 0月의 달을 볼 수 있다

부탄Bhutanisem

압박과 설움에서 해방되었다

나를 꺼내준 여자는 오십 년째 독신이다
영문도 모른 채 눈을 가리고 입에는
빨간 재갈을 물려
끌려다닌 지 삼백 일이 지났다

사방은 여전히 캄캄하다
차가운 비닐의 감촉 너머로
섬뜩한 한기가 느껴진다
누구일까?

백 년 전쯤 영문도 모른 채 배에 태워져
섬나라로 향했던 소녀들의 숨죽인 울음소리가
새어 나오기 시작하자 슬픔은 걷잡을 수 없이
산화되기 시작했다
그리고 깡통 속은 텅 비었다

푸른 눈을 뜨고 붉은 눈동자가 굴러다녔다
내장까지 모두 태운 슬픔이
보글보글 끓어 넘쳤다

이명처럼 어머니 목소리가 들려왔다
저녁 먹을 시간이 되었나 보다

간월도에 가야 한다

서산 간월도에 가고 싶다
섬 하나가 모두 절이고
섬 하나가 모두 그리움이 되는 곳,
간월암에 가서 한 며칠 놈팽이처럼 눌러앉고 싶다
썰물이 되면 육지로 가는 길이 열리고
그리움이 시작되면 길이 사라지는 곳
그곳에 가서 사랑하는 사람이 올 때까지
가슴 가득 달빛을 들여놓고
숨 쉬는 동안 모든 인연이 떠나지 못하도록
그리움에 취하고 싶다
살아온 날이 모여서 섬이 되고
사랑하는 시간이 모여서 달이 되는 섬,
간월도에 가서
서해의 바람이 되고 싶다
저녁노을을 바라보며 사랑했던 사람의
뒷모습을 그려 보고 별들이 무리 지어 내려와
섬을 포위하는 자정 무렵이 되면
백제 여인의 안부를 묻고 돌아와
나를 기다리는 소쩍새를 만날 것이다
새벽 바다에 몸을 씻고
우주로 향하는 푸른 정령에게

달의 언어를 물어보고
밤새도록 달빛의 무늬로 섬을 씻는
청소부가 되고 싶다

헤어질 결심

수챗구멍에서 우리는 만났다

만나자마자 서로 뒤엉켜 몇 날 며칠

밤을 지내고 한순간 작별 인사도 없이 헤어졌다

온다는 기별도 없이 만났지만

간다는 인사도 없이 떠나고 보면

인연이라는 것도 덧없다는 생각이 든다

뜨겁게 만날 때는

서로 지나온 것도 묻지 않고

닥쳐올 미래도 걱정하지 않았지만

막상 한마디 말도 없이 헤어지자

텅 빈 공허가 밀려왔다

한순간의 정염 때문에

서로가 서로의 길을 막고 있었다는 사실을

뒤늦게 깨달았다

자연스럽게 흐르지 않는다는 것은

고속도로 위의 정체 현상 같은 것,

뻥 뚫리고 나면

금방 잊어버리고 마는 바람 같은 것,

내 어머니가 나를 두고 일찌감치 집을 나섰을 때도

그러했을 것이다

캄캄하게 막혀 버린 수챗구멍 앞에서

수없이 망설였을 것이다

뻥, 뚫리고 나면 다시는 돌아올 수 없다는 것을

몰랐을 것이다

호접란에게

내가 한 집에 이십 년째 세 들어 살고 있는 것은
서성거리는 추억을 벗어날 자신이 없기 때문이다
생전 처음 시작한 노가다가 익숙해질 무렵
창문 너머로 달이 떠오르는 걸 보며
별자리로 하루의 운수를 점칠 수 있는 허름한
창문가에 곰팡이가 필 때까지,
그 집에 살았다
달이 떠오르던 자리,
팔 년 전 선물로 받은 호접란 화분 하나,
해마다 꽃을 피우고 있다
외출했다 돌아올 때마다 마누라처럼 안부를
묻곤 한다
사십 대에 시작한 셋방살이는 이순을 지날 때까지
나를 기다려주지도 않는 빈집을 향해
세상을 기웃거리다 돌아간다
삼월에 피어난 보랏빛 호접란은 반년이 넘도록
같은 울음으로 나를 쳐다보고
창문 열고 들어온 달빛은
숨도 안 쉬고 이불 속으로 들어왔다
이제 나도 이 집을 떠날 때가 되었나 보다

제3부

오래된 사랑 노래

사각충

저기 사각충이 걸어오고 있다
사각사각 자기 뇌를 파 먹히는 줄도 모른 채
서로 다른 얼굴을 하고 걸어오고 있다
사각의 아파트에서 태어나
사각의 학교를 감방처럼 다니다가
사각의 빌딩 속에서 돈을 벌고
사각의 모텔에서 섹스를 하고
사각의 밥집에서 밥을 먹고
사각의 카페에서 차를 마시고
사각사각 사각충에게 영혼을 갉아 먹히는 동안
사각의 교과서를 보고
사각의 노트에 필기를 하고
사각의 핸드폰을 보며
사각사각 자신의 인생을 말아 먹는다
버스도 기차도 보도블록도
사각의 틀을 고집하고
무엇이든 그 속에 가두려고 한다
비행기를 타고 날아 보면 안다
둥글어야 자유롭게 날 수 있다는 것을,
사각은 또 하나의 사각을 만들어낼 뿐이라는 것을

오후 네 시의 달

노숙路宿의 아침

새들은 오늘도 한뎃잠을 잔다
눈 내리는 밤,
이불 한 장 없이 두 눈 꼭 감고
새벽이 올 때까지 기다려야 한다
새끼들을 품에 안고
영하의 시간을 견뎌야 한다
세상에 나왔지만 돌아갈 곳이 없는 사람처럼
까마득한 나무 위에서
별빛이 새로 돋아나기를
기다려야 한다
마지막 별빛마저 지고 나면
벚꽃도 피어날 텐데
제비꽃 지고 나야
허공을 연모한 배추흰나비도 돌아올 텐데
새들이 지나간 하늘엔
구름 한 점 없고
새벽을 따라온 낮별 하나
자목련 가지 위에서 피 울음을 울고 있다

등대는 눈물이 절반이다

나는 파도였다
그린란드에서 태어나 대서양 인도양 태평양을 지나
불빛 하나만 보고 달려온 맹수였다
한 번도 쉬지 않고 밤이나 낮이나 별자리 하나만 보고
삼십여 년 전 아버지가 마중 나와 있는
어달리 언덕 묵호 등대를 향해 달려왔다
수평선을 건널 때는 돌고래 떼가 되어 따라왔고
무인도를 지날 때는 괭이갈매기가 되어
물길의 방향을 일러주었다
우리 땅 이어도에 도착하자마자 제주 비바리들의
고독한 울음소리를 듣고
멀리 백두대간의 푸른 파도를 우러를 때
동해바다도 춤을 추며 따라왔다
구룡포 강구 죽변 임원항을 지나는 동안
항구마다 밤새 꿈을 꾸고 있는 물고기들이 따라왔다
어두운 밤바다 위에 빛 한 줌 뿌려놓고 희망이라
부르는 이의 음성이 들려왔다
인생의 절반을 무인도의 유일한 희망으로
고독하게 살아왔던 사람,
태풍이 등대의 유리창을 부술 때도
온몸으로 등불의 심지를 지켜냈던 사람,

불빛의 온도가 뜨거워지는 저녁이 오면
삼십 년 전 아버지의 그림자는
그린란드의 등대로 향하고
푸르고 시린 눈물을 길어와 밤바다에 뿌려놓았다
파도가 태어나고 파도가 잠이 드는 고향,
나는 그 바다 위에서 사랑의 기억을 잃어버린
그리움의 무늬가 되어 너를 기다린다
늙은 별의 수염이 되어 너를 불러본다

물의 기원

물이 물을 밀고 간다
물도 바닥에 닿으면 외롭기 때문이다
내가 곧은재를 향해 산길을 오르고 있을 때
산새들을 불러와 지저귀는 것도
나뭇잎이 소슬바람에 간지러워 진저리치는 것도
딱따구리와 찌르레기를 불러와
솔잎을 흔드는 것도 모두
늦게 핀 제비꽃의 심장에 시리고 시린
치악산의 속살이 깨어나기 때문이다
어느 높은 분의 분부를 받고 왔기에 새벽부터
황골 계곡을 흘러내리는 물은
물을 밀고 가는가
바닥의 소리가 부끄러워, 돌돌돌 돌을 부르며
좁고 여린 물길을 흘러가는가
사랑할 때의 몸짓을 기억하며
물안개도 없는 물길,
아침 햇살을 끌고 가는가
저 물길의 끝에서 울고 있을 물 맑은 여인의
옷자락을 구름처럼 적시고 가는가
열일곱이 여든일곱을 어깨를 밀고 가듯이

토닥토닥

시골 카페에 들렀다
마침 비도 오고 따뜻한 차 한 잔이 생각나서
야외 벤치에 앉아 커피를 시켰다
벤치 옆 한쪽 구석에는 닭장이 하나 있었다
장닭 한 마리에 암탉이 다섯 마리,
울지도 않고 횃대에 앉아 깃털을 고르거나
빈 눈만 껌뻑거렸다
참새 한 마리가 날아와 모이를 먹고 가도
개의치 않았다
모름지기 나보다 크고 힘이 세다면
작은 동물의 뻔뻔함쯤은 눈감아 줄줄 알아야 한다
장닭은 무리를 지키는 우두머리,
위험이 닥칠 때 큰 소리로 목청껏 울음소리를
내는 것으로 위엄을 과시한다
멀리 날지 않아도 밥은 먹을 수 있지만
날개가 있는 한 얼마든지 멀리 날아갈 수 있다
다만 인간이 애처로워
그 곁을 지키고 있을 뿐이다
토닥 토닥, 숨 쉴 자리 하나를 내어주는 것이다

곡우哭愚

곡우穀雨날 아침 나는
비를 맞으며 곡을 했다
이미 곡식의 잎이 돋아나기 시작한 지
오래되었지만
나는 여전히 땅에 뿌리내리지 못한 채
거리를 떠돌았고
하늘의 부름을 알지 못해 강물이 흘러가는
방향만 하염없이 바라보고 서 있었다
강가의 나무들은 모두 신록의 파도로 출렁거리며
춤을 추고 있었지만
나는 빗물이 무엇엔가 부딪치는 소리를 들으며
숨죽이며 울었다
강물은 빗물이 떨어질 때마다
낮은 신음소리를 내었고
작은 돌부리를 건널 때마다
밤새 지쳐 잠든 별빛의 숨소리를 냈다
아버지가 돌아가시고 사흘 동안
눈물 한 방울 흘리지 않던 어머니가
첫 번째 기일, 영정 사진도 없는 지방 앞에서
통곡을 하시던 모습이 떠올랐다
평생 술과 노름으로 탕진했던 아버지의

꽃상여가 길을 떠나던 일 년 전을 생각하면
그 눈물의 의미가 무엇인지 알 듯 모를 듯
숨이 가빴다
밖에는 여전히 비가 내리고 있고
나는 아버지를 잊은 지 오래되었다

옹알이

백일 남짓한 아기가 할아버지 품에 안겨
저녁 나들이를 나왔다
노을을 보았는지 푸르게 돋아나는
은행잎을 보았는지
쉬지 않고 옹알이를 한다
얼마나 하고 싶은 말이 많은지
팔다리로 버둥거리며 온몸으로 말을 한다
할아버지는 그런 손자가 신기하고 귀여워
연신 손그네를 태우고
지나가던 사람들은 그런 아기가 어여뻐서
한 번씩 뒤돌아보고 간다
저 할아버지도 곧 옹알이에 들어갈 텐데
할아버지가 처음 세상에 왔을 때를
기억하라는 듯
아기는 처음 보는 세상에게 계속 말을 걸고
할아버지는 옹알이하러 왔다가 옹알이하다 간다

종심從心

나는 평생을 기다리며 살았다
그대가 가면 돌아올 때만 기다렸고
봄이 오면 꽃이 피기를 기다렸다
그대가 소식이 없으면
소식이 오기만 기다렸고
여름이 오면 옥수수가 익기만 기다렸다
그대가 아프면 어서 쾌차하기를 기다렸고
가을이 오면 단풍 들기만 기다렸다
그대의 눈빛이 흔들리면
걱정거리가 지나가길 기다렸고
겨울이 오면 첫눈이 내리길 기다렸다
그리고 다시 봄이 오기를 기다렸다
그대가 내게 오기를 기다렸다
한 칠십 년 살고 보니 내게 남은 건
기다림밖에 없더라

예수를 고발한다

서기 이천이십사 년 전에 당신이 지고 간
짐 때문에 우리는 지금까지 괴로워했다
동족끼리 총부리를 겨누며 수백만 명이
주검으로 내몰릴 때도
폭군 히틀러가 세계대전을 벌일 때도
바다 건너 왜구가 오십 년 동안 한반도를 짓밟을 때도
수학여행을 가던 고등학생 삼백여 명이
바닷속에 수장 될 때도
이태원에서 청년들 백육십 명이 압사당할 때도
당신은 그 자리에 없었다
수많은 억울한 사람들이 죽임을 당해도
그 또한 하늘의 뜻이라고 강변했고
나쁜 놈들이 거리를 활보하며 시민을
삶의 나락으로 추락시킬 때도
당신은 그 자리에 없었다
그것도 만약 당신의 뜻이라면 나는 그런
변명 따윈 추호도 들을 생각이 없다
아멘 따윈 부르지도 않겠다
그래도 당신의 제자들이 기록해 놓은 성경 구절 때문에
세상을 착하게 살아가라는 가르침으로 알고 용서하기로 했다
오늘도 아프리카 어느 나라에서는 아이들이

굶주림으로 죽어가고
어떤 나라의 검독수리는 여전히
도적질을 일삼고 있다

어쩌면 위로

전단지 한 장, 단계동에서 출발해
우무개 언덕을 넘고 있다
바람이 밀고 가는 것인지
그리움이 몰고 가는 것인지
팔랑팔랑 언덕을 오르고 있다

호빠, 미남 선수 대기
어디든 모시러 갑니다
010-5858-8282
오늘 가야 할 호빠를 내일로 미루지 말자
여성 전용
전단지는 집을 찾아가는데
오빠는 누굴 찾아 길거리를 헤매는 것일까

나이가 한참 어린 오빠들을 만나면
저절로 웃음이 호호호 나오는 걸까?
외로움에 지친 여자들도
위로받을 곳이 있어야 한다

관광버스가 안 되면
나이트클럽에도 가고

콜라텍도 가고
호빠도 가봐야 한다
자고로 사람은
사람의 가슴에 안겨 온몸으로 받는
위로가 필요한 것이다

눈물탑을 허물다

아사달, 그대를 만나려고 천 리 길을 달려왔건만
그대의 흔적은 없고 오층 석탑 속에
그대의 그림자만 남아있었다
동해바다에 눈물을 묻고 돌아와
그대의 그림자로 만들었다는
정림사지 오층 석탑을 만났다
이생에 맺지 못한 인연 천 년 후에는 반드시
이어 가자고 탑 하나 짓고 그 속으로 들어가
천오백 년의 세월을 홀로 기다린 아사녀,
내가 다가가자 서러운 눈물 뚝뚝 흘리며
쪽 찐 머리를 풀어헤치고 검푸른 입김으로
마중을 나왔다
꽃등 하나 손에 들고
총총총 달려 나온 아사녀를 데리고
궁남지로 향했다
달밤을 지날 무렵인데도 수련은 환장하게 피어났고,
초저녁 햇살에 낙화암을 건너오다
미루나무에 걸린 바람이 소소소 날개를 털고 있었다
백마강 물결도 데려왔는지 일곱 개의 연못에서
갑자기 물결이 출렁거렸다
부용교를 건너자 어디선가 울음소리가 들려왔다

날렵하게 공중 빈 곳을 향해 날아오르던
부엉이 한 마리, 서라벌에서 물고 왔다는
나뭇잎 한 장을 떨구고 갔다
멀리 고란사의 풍경 소리가 들렸다
날이 밝아 오는 것을 느꼈는가
아사녀는 작별 인사도 없이 꽃등만 남겨 놓은 채
사라지고
나는 황급히 아사달을 오층 석탑 속에 가두어 놓고
사비를 떠나야 했다

궁남지의 달

아사녀, 그대가 오신다는 소식을 듣고
밤새 서라벌을 달려와 궁남지로 향했다
그날따라 달빛 아래 연꽃들은
꿈을 꾸는 듯 나를 올려다보고 있었고
정림사지의 낯선 그림자 하나가
부용교 위로 넘어왔다
자정을 지날 무렵이라 사방이 고요한데
바람 소린지 울음소린지 모를
낯선 부호들이 부소산 쪽에서 넘어왔고
연꽃들은 선녀처럼 일어나 춤을 추기 시작했다
서라벌에 그대가 다녀갔다는 소식을 듣고
나는 끝내 탑 하나를 완성하지 못한 채
밤을 다하여 달려왔다
부소산에도 정림사에도 그대의 흔적은
보이지 않았다
오늘이 지나면 다시 천 년은 지나야 할 텐데,
달은 저물고 백제의 여인들은 모두
잠자리에 든 지 오래되었는데
그대의 모습은 어디에도 없었다
부용교 아래 붉은 수련 한 송이만
달그림자를 따라가며 울고 있었다

배추의 장례식엔 아무도 오지 않았다

여름 배추를 수확한 밭에
새하얀 적막이 누워 있다
드문드문 남아있는 잡초들은
경쟁할 상대가 사라져
세상을 모두 잃어버린 표정으로 드문드문 서 있다
배추가 사라진 밭엔 흰 짐승들의 신음소리가
검은 비닐 사이로 새어 나오고
한때는 별빛의 언어였을 개망초 쑥부쟁이 쇠비름
푸른 바닷속에서 평화로웠던 지난날을 생각하며
아무도 오지 않는 텅 빈 밭두렁에서
아무렇지 않은 척,
달빛 사라진 언덕만 바라보고 있었다
집이 싫다고 중학교 졸업하자마자 객지로 나가
평생을 떠돌다 돌아왔을 때
아버지가 사라지고 어머니가 사라지고
마당에 잡초만 가득하던
1998년 어느 가을 저녁
보랏빛 비가 내리는 빈집을 하염없이
서성거렸을 때처럼

두부 인간

내가 이렇게 두부를 좋아하는 걸 보면

지은 죄가 많은 게 분명하다

빈대떡집에 가서도 난 두부가 없으면 서운하다

식당에 들러도 두부찌개가 없으면 허전하다

시장에 가면 두부 가게 앞을 그냥 지나가지 못한다

사십 년 전 대머리 아저씨를 욕하다

영문도 모른 채 끌려갔다 나올 때도 두부를 먹었고

쌀이 없어서 겨울만 되면 콩탕을 만들고 남은 콩으로

두부를 만들어 주셨던 할머니도

두부 만드는 일을 좋아하셨다

내 죄는 얼마나 무겁길래

평생 두부를 먹으며 속죄해야 하는 걸까

두부는 으깨서 먹으면 안 된다

죄도 으깨지기 때문이다

온전히 노릇노릇하게 들기름을 발라서 구워야 한다

내가 너와 두부김치를 같이 먹자고 하면

그건 내가 네 죄를 용서했다는 뜻이다

내가 두부구이를 같이 먹자고 하면

그건 나도 너처럼 죄의 동지가 되고 싶다는 뜻이다

밀린 죄의 앙금에 간수를 붓고 내장 속까지

하얗고 하얗게

죄를 가두고 나면

나도 다시 탱탱한 두부 한 모가 되는 것이다

새벽닭이 우는 이유

새 대가리라는 말은 새에 대한 모독이다
새의 기억력보다 못한 인간들이 얼마나 많은가
소위 많이 배웠다는 인간들이나
부와 권력을 가졌다는 인간들은 모두
자신들이 한 일을 기억하지 못한다
비겁하고 옹졸하며 이기적이다
제비는 해마다 태평양을 횡단하며
수천 킬로를 날아
자신이 살던 집으로 돌아온다
그 먼 길 아무리 고층 빌딩이 길을 막아도
귀신같이 찾아와 집을 짓고 새끼를 낳고
세컨 하우스로 날아간다
독수리는 해마다 시베리아 벌판을 지나
수천 킬로를 날아
철원 평야로 돌아온다
그 먼 길을 알바트로스처럼 날아와
단숨에 내려앉는다
하물며 닭들도 동네 사람 얼굴을 알아보며
울지 않는다
오직 인간들만 똑똑한 척하지만
사실은 자신이 한 일조차 부정하며
새벽마다 거짓 울음을 운다

국화 앞에서

어쩌다 분향소의 조연이 되었을까
죽은 사람의 사진만 바라보며 향냄새를 맡는
신세가 되었을까
'진실'한 이미지는 온데간데없고
마지막 가는 길을 밝히는 조화弔花가 되고 말았을까
사랑하는 사람의 가슴을 뛰게 하는 장미꽃도
장미꽃을 빛나게 하는 안개꽃도 있는데
어쩌다 슬픈 울음소리를 들으며 고인의 운명을
동행하는 신세가 되었을까
흰 국화 한 송이 없다면 그게 어디 분향소라 할 수 있을까만,
내가 죽으면 흰 국화 대신 키 작은 제비꽃이나
한 송이 꽂아 주면 좋겠는데
해마다 봄이 오면 새로 돋는 이파리들 보고
키 작은 들꽃의 고사리 미소 피어나는 것 좀 보면 좋겠는데
더 이상 내 누님같이 생긴* 꽃을 함부로
조화로 보내지 말라
나는 조선의 국화國花다

---

* 서정주의 「국화 옆에서」 구절 인용

영미네 불주꾸미

서울 가는 일톤 화물차에 간판 하나 실려 간다
'영미네 불주꾸미'
영미 엄마는 난생처음 식당 하나를 얻어
개업이 코앞이겠다
돈이 모자라 대출을 받아 인테리어를 하고
주방기구도 새로 들여놓고
설거지하는 아줌마도 구해 놓았겠다
영미 엄마 음식 솜씨야 온 동네가 다 아는
손맛이지만 영미 아빠가 쓰러진 후론 그마저도
신통치 않았는데
어찌 됐든 영미 대학 공부는 마쳐야 한다며
늦은 나이에 식당을 차렸겠다
영미 기말고사 끝나고 나면 서빙이라도 시키라고
영미 아빠가 성화지만
영미 엄마는 딸은 엄마 팔자 따라 간다고
식당 근처엔 얼씬도 못 하게 할 것이다
영미야, 공부 열심히 해라
간판에 박힌 네 이름,
네 엄마가 십팔 년 전에 처음으로 받은
빛나는 훈장이란 걸 잊지 말아라

꽃 발자국

한여름 동네 마트에서 장을 보고 나오는데
어디선가 꽃향기가 확 풍기더라
어느 집에서 대낮부터 사랑을 했나?
등기소 앞을 지나오는데 등기소 화단에
패랭이 개망초 달래꽃 피어나 뜨거운 햇살을 맞고 있더라
며칠 동안 장맛비에 서러웠을 법도 하건만
중복도 지난 며칠을 눈 하나 까딱 않고 서 있더라
적어도 꽃을 피우려면 이 정도 더위쯤은 눈 질끈 감고
말복까지는 버텨야 한다는 듯
헐떡거리며 지나가는 사람들 한심한 듯 쳐다보더라
얼마나 부부가 사이가 좋으면 대낮에도 사랑을 하겠느냐
얼마나 서로의 향기가 그리우면 그 흔적이
담장을 넘고 창문을 넘어 길거리로 나서겠느냐
가만히 길을 걷다가 어디선가 꽃향기가 나거든
잠시 발걸음을 멈추고 사랑의 주파수를 맞춰보아라
그리하면 네가 걸어온 발밑으로 꽃 발자국이
따라왔을 것이다
달빛도 그 발자국을 따라오며
흐뭇한 웃음을 짓고 있을 것이다

복숭아나무에게

복숭아나무의 울음소리를 들었다
하나, 둘, 탯줄을 끊고 떨어져 나갈 때
뒤도 돌아보지 않던 아가들아
길 떠나면 고생이란다
몰래 가져가도 좋으니 엄마 지갑에서
돌아올 차비는 챙겨가라
객지 나가면 고생이다
밥 굶지 마라
혹시 살다가 고단하면 집으로 돌아와라
엄마는 젖이 불어나지 않도록 가지마다
가득 채워 놓으마
누가 너를 무시하거든 엄마가 뒤에 있다는 걸
잊지 말아라
절대 기죽지 말고,
절대 피하지 마라
너는 언제나 세상에서 가장 귀한 아이였단다
울지 마라
니가 끊고 나간 탯줄 속에는 니가 평생 먹고도
남을 젖이 아직 남아 있구나
탯줄이 하나씩 끊어질 때마다
엄마는 몸살을 앓는단다

다시 꽃 피려면 죽을 만큼 외롭단다

그래도 걱정마라

너는 꽃 피고 자라나는 동안 엄마에게 최고의

기쁨이었단다

이제 너를 잊으마,

잘 자라 나의 아가

부론 강가에서 울다

부론 강가에서 울었다
태초에 선녀로 처음 내려왔다는 강천 처녀는
강 건너 도리섬에서 부론을 건너지 못해 울었다고 했다
같은 날 부론에서 태어난 총각의 별자리는
법천사지 주춧돌 아래에서 발견되었다고 했다
황강을 지나 서울로 향하는 물길은 언제나 주막처럼 북적거렸고
뗏목마다 여인들의 한숨 소리가 명주실로 묶여 있었다
강천도 배부르고 부론도 배부른 물길은 밤을 새워
서울로 흐르고 있었지만 한번 떠난 총각은 돌아오지 않았다
같은 별자리, 강 하나를 두고 서로의 목소리만 그리워하다
얼굴 한번 보지 못한 강천 처녀는 끝내
부론 강가의 달맞이꽃이 되었다고 한다
세상에 처음 온 그 순간부터 비익조의 운명이었던
그리움의 흔적,
부론 나루터의 푸른 별 나비가 되어
해마다 오작교가 이어지는 밤이 오면
샛노란 반딧불로 환생해 서러운
춤을 추고 있다고 했다

유월有月

유월 어느 밤, 잠은 안 오고
밤을 건너온 뻐꾸기 소리를 따라
밤꽃이 흐드러지게 핀 밤나무 아래서
그만 옷을 벗고 말았다
그때는 몰랐다
밤꽃이 지고 나면 그가 떠난다는 걸,
밤이 익을 무렵이 되면
이미 늦었다는 걸,
그날 밤, 밤나무는 다 보았겠다
뻐꾸기도 숨어서 다 보았겠다
새들도 잠에서 깨어 쑥덕거렸겠다
오늘 밤도 밤꽃이 하나 가슴 언저리에
지천으로 피어났는지
몸이 뜨거워서 잠을 이룰 수가 없다
밤나무가 몸을 비틀며 숨을 불어넣는데
눈앞이 아찔하다
그는 오지 않고
나는 숨을 쉴 수가 없다
유월六月이 구름 속으로 지나가고 있나 보다

오래된 사랑 노래

밭 한가운데 앉아 쉬던 노부부가 티격태격
말싸움을 한다
"왜 또 술을 마시느냐"
"술 좀 그만 마시라"
"맨날 술 마시는 모습 꼴도 보기 싫다"
새참을 먹던 할머니가 자리를 박차고 일어선다
혼자 남은 할아버지가 또 술을 마신다
"술을 안 마시면 일을 할 수가 없어"
"다리가 아파서 견딜 수가 없지"
"술기운으로 일하는 거야"
"술을 안 마시고는 살 수가 없어"
묻지도 않은 혼잣말을 내뱉으며 막걸릿잔을
기울이는 할아버지의 어깨가 쓸쓸하다
남편의 술 마시는 속사정을 아는 아내의 투정도
아내의 속사정을 아는 남편의 투박함도
서로의 가슴에 모닥불을 지펴놓았다
평생을 그렇게 살아왔을 노부부를 보다가
진짜 사랑이 완성되려면 적어도
오십 년쯤은 같이 살아야
서로의 영혼까지 닮아가는 걸 거라고,
서로를 걱정하는 마음이 적어도

밭 육백 마지기는 되어야 명함을 내밀 수 있다고,
속마음은 알고 있지만 당장 그 사람이 좋아하는 걸
해주는 게 진짜 사랑이라고,
이순이 지나도록 장가도 못 간 채 노부부만 지켜보던
윗마을 노총각 '바우'는 그저 부러울 뿐이다

어떤 바보 이야기

그는 통점이 없다고 들었다
사는 동안 단 한 번도 소리 내어 울어본 적이 없다고 했다

자신을 길러준 할머니가 세상을 떠났을 때도
아버지가 음독 후 생을 마감했을 때도
어머니가 자신을 버리고 다른 길을 선택했을 때도
그저 슬픔을 도가니에 가득 채울 줄만 알았다
그는 우는 법을 모르는 줄 알았다
아니 웃는 법도 모르는 줄 알았다
살면서 단 한 번도 크게 소리 내어 웃어본 적이 없었기 때문이다
사랑이란 걸, 할 때에도
돈이란 걸, 벌 때에도
여행이란 걸, 할 때에도
그리 크게 웃지 않았다
무엇이 진짜 좋은 것인지 모른다고 했다
그러던 그가 울었다
바다에 빠져 돌아오지 못하는 아이들이
삼백네 명이나 된다는 소식을 들었을 때,
이태원에서 청년들이 백육십 명이나 압사당했을 때,
국가가 아무것도 안 하고 비겁한 변명만 늘어놓을 때,
피가 거꾸로 솟았다고 했다

그러던 그가 크게 웃었다
별것도 아닌 일에 까르르 넘어가는 아이들을
바라보다가,

그는 바보였다
울음과 웃음을 한 바구니에 담을 줄 모른
천생 바보였다

제4부

쇼는 계속 되어야 한다

역린

택시에서 내린 백발의 남자,
고개가 왼쪽으로 15도쯤 기울어 있다
걸음을 걸을 때마다 고개를 떨고 있다
오른쪽으로 맨 가방은 위태롭게 흘러내리고
비척비척 흔들흔들 기웃기웃
저렇게 평생을 살아왔을 것이다
고개가 왼쪽으로 기울었다는 이유만으로
빨갱이로 몰려 모진 고문을 당하고
고개를 떨기 시작했을 것이다
그날 이후로 사람을 똑바로 쳐다본 일이 없을 것이다
꽃이 피는 계절이 와도
아름다운 여자가 걸어가도
삐딱하게 쳐다보고
그를 쳐다보는 시선도 삐딱해져 갔을 것이다
하필이면 왼쪽으로 기울었을까
오른쪽으로 기울었더라면 우익을 욕보인다는
죄로 끌려갔을까
아버지가 월남했다는 이유만으로 요시찰자가
되어 평생 형사가 따라다니고
아들이 명문대를 나왔지만 취직도 하지 못하고
방황하다 끝내 자살로 생을 마감한 백수광부처럼,

오후 네 시의 달

기억의 저편에서 억울하게 15도로
고개가 기운 백발의 남자, 횡단보도를
불안하게 건너고 있다

쇼는 계속되어야 한다

서민 물가가 너무 올라
마트에 가는 발걸음이 뜸하다고 했더니
총독부에 사는 광해군이 기레기들을 내시처럼 데리고
양재동 농협 마트에 갔다
마침 다른 마트에서는 사천오백 원하는 대파가
875원이었다
생전 시장에도 안 가본 광해군은 대파값은 875원이
적당하다며 대파 한 단을 들고
사진을 찍었다
기사가 나가고 일 분도 안 돼
시민들이 들고일어났다
도대체 대파 값을 어떻게 계산했길래
875원이 나오냐고,
그 밑에 내시부에서 급하게 보도자료를 냈다
농산물지원금을 풀고 마트 할인행사로
그렇게 됐다고,
그런데 대파 농가는 그런 거 받은 일이 없다고 했다
농산물지원금을 풀었다고 하는데 사과는 200프로
호박도 오이도 100프로 넘게 올라
밥상을 차릴 수가 없다는데,
도대체 지원금은 어디다 풀었다는 것인지,

대파는 한 뿌리씩만 판다는 것인지,
임금이 되지 못한 채
입만 열면 거짓말하는
광해군의 쇼는 언제 끝날 것인지

똥 싼 놈이 성낸다

지하철도 공짜로 타는 주제에 입 좀 닫아라
늙은 남녀 둘이 노약자 보호석에 앉아
이재명과 조국, 송영길 쌍욕을 한다

생때같은 자식을 군에 보내
재난 구조작업을 하다가 죽었는데
진상규명도 못 하게 입을 틀어막고 있는데
똥별 장군 하나 지키자고
군대도 안 갔다 온 국군통수권자가
비겁하게 진실을 은폐하고
자식 잃은 부모 가슴에 대못을 박고 있는데
이태원에서 백육십 명의 청년들이 압사를 당하고
청주 지하차도에서
시민들 수십 명이 수장을 당해도
비겁한 변명만 일삼는데
날 선 검을 휘두르며 잘하고 있다고
저놈들이 나쁜 놈들이라고 핏대를 세우며 떠들고 있다
아 씨발,
당신 자식이 죽어도 그렇게 말할 수 있나
당신 남편이 죽어도 그렇게 떠들 수 있나
남의 일이라고 함부로 말하고

국가가 지켜주지 못하는데 누가 군대를 가고
누가 목숨을 바치겠는가

나라의 비밀 금고를 열어 수천억 원을
탕진하며 해외여행에 미친 인간들을 쳐다보며
할 소리는 아니지 않은가
언로를 틀어막고 뜻대로 되지 않으면
압수수색을 수백 번씩 하고
증거를 조작하고 민간인을 사찰하고
겁박하는 나라가 민주국가인가?

공짜 전철 타면서
임신부 보호석까지 차지하고 뻔뻔하게 앉아 가는
그 더러운 입부터 닫아라
당신들이 싼 똥 대대손손 손자들이 치워야 한다

사월의 노래

사를 없앤 놈들이
사람을 죽이고 사과도 하지 않는다
해마다 사월은 다시 오는데
삼백네 명은 바다에 빠져 돌아오지 않았는데
아무도 책임지지 않는다
달력에서 사를 없애고
건물에서 사를 없애고
엘리베이터에서 사를 없애고
4·3도 4·16도 4·19도 없애려는 무리들이
사법부를 굴복시켜 무법천지를 만들고
사사로운 감정으로 나라를 팔아먹는 일을
밥 먹듯 하고 언론에 재갈을 물리고
시민의 입을 틀어막는 사탄의 무리들이
사월이 지났는데 살아 있다니,
사월에 죽은 사람들 때문에
해마다 벚꽃은 흐드러지게 피는데
후레자식이 아니라면 빌딩 하나를 짓는데
사층을 빼먹을 수 있는가
아무리 많은 돈을 벌어도 사천 원 사만 원
사백만 원이 쌓여야 부자가 되는데
사가지없는 인간들이

사월을 능멸하려고 하는가
사순절을 보내고 나야 부활절이 오는 뜻을 아는가
멋대로 해봐라 어디
너희들은 그대로
사악한 죽음을 맛보리라
사월은 언제나 찬란하게 피어날 것이니
세상의 모든 사월은 생명이 되어 돌아날 것이니

무식하면 공부라도 하던지

할머니 둘이 양산을 쓰고 걸어간다
"'돌부처'가 어려운 때 대통령이 돼서 고생이야"
"살기가 어려워서 걱정인데
채상병 특검을 한다고 지랄들이야"
아 그래서 모두 빨간 옷을 입으셨군요
어려운 때 대통령이 된 게 아니라
당신들이 그 사람을 뽑아서 어렵게 된 거지요
물가도 못 잡고 외교도 못하고
측근들 챙기느라 쓸데없는 예산 퍼 돌리고
삼 년도 안 돼 나랏빚이 천조 원이 넘었는데
누구 잘못인가요
장군 하나 지키자고 대한민국 국민들을 모두
적으로 돌리고 사건을 은폐시킨 사람이 범인입니다
당신 손주가 나라 지키러 갔다가 주검이 되어서
돌아와도 그렇게 말할 건가요
생각하는 건 자유지만 내 일이 아니면
범죄자를 뽑아도 되는 건가요
국민의 입에 재갈을 물리고 자기 뜻에 안 맞으면
압수수색으로 신상을 탈탈 털고 겁박하는 정권은
어떤가요
제발 뭘 모르면 입이라도 닥치시던가요

오후 네 시의 달

이 나라는 당신들이 가고, 내가 가도,
대대손손 이어가야 할 나라라는 것을,
제발 생각 좀 하고 사시라구요

까막눈

까만 눈이 내린다
천제단에도 참성단에도 백록담, 천지에도
온통 까만 눈이 내린다
한여름에 내리는 까만 눈은
하늘을 까맣게 덮고
대지를 까맣게 덮고
바다를 까맣게 덮고
아침이 오지 않는다

까만 눈이 내린다
함흥에도 신의주에도
강릉에도 마라도에도
쉬지 않고 내린다

벌써 삼 년째다
까만 눈은 그칠 기미가 보이지 않고
여기저기서 호객하는 콜걸들만
거리에 넘쳐난다
기둥서방들은 까만 눈을 파먹으며
하얗게 하얗게 진화한다

오후 네 시의 달

까만 눈이 내린다
눈 속에서 바퀴벌레들이 부화되고 있다
부활한 이완용이 까만 눈을 부라리며
새빨간 도둑질을 하고 있다

도리도리 짝짜꿍

옛날 어느 왕조에 입만 열면 거짓말을 하는
도리도리 장군이 있었다
가끔씩 자기편을 위해 바른말을 할 때도
도리도리를 먼저 해야 말이 나온다
평생을 거짓과 위선으로 아랫사람을 기만하고
조롱한 습관이 몸에 배어
심지어 백성들이 보는 앞에서 자기 입으로
한 말도 부인하며 가룻 유다가 되었지만
거짓말에 익숙한 일부 백성들은 그를 나라를 구할
난세의 영웅이라고 했다
그러나 날이 갈수록 거짓말은 늘어갔고
다른 나라에서는 그를 무능하고 무책임하고
술과 뇌물을 좋아하는 사기꾼의 남편이라고 불렀다
그 나라에 한동안 장마가 계속되었는데
기상청에서 하는 예보가 도리도리 장군을 닮아
매일 거짓말투성이였다
일주일 내내 비가 온다고 해놓고
당일이 되면 수시로 입장을 번복하고
이미 폭우가 내리고 있는데 호우경보를 발령하고
해가 쨍쨍한데 비가 온다고 하고
지진이 났는데 그제야 지진경보를 내렸다

이런 기상청을 보고 백성들은 도리도리 장군을 닮은
기상구라청이라고 놀렸다
이웃 나라에서는 기상청장이 나와서 사과도 하는데
이 나라에서는 거짓말로 백성을 선동하는 기레기들이
도리도리 장군을 호위하며
나라를 온통 거짓말 천국으로 만들고
나랏돈을 도둑질해도 눈을 감았다
뜻있는 사람들은 이제 곧 태평양 한가운데 어떤 나라처럼
나라가 통째로 거덜 나고
백성들은 모두 쪽박을 차게 될 거라며 혀를 끌끌 찼다

망국의 길

나는 태어나면서부터 눈을 뜨고 살아왔다
그러나 한 번도 눈앞이 환하게 보이지 않아
눈을 뜨고도 더듬더듬 들길을 걸어왔다
평생을 걸어왔지만 아는 길이 없었다
장님도 아닌데 장님처럼 앞을 보지 못했고
매일 다니는 길인데
기억이 나지 않았다
소년 시절엔 산길을 넘어다니느라 길을 자주
잃어버렸고
청년 시절엔 이정표를 제대로 보지 못해
길바닥을 헤매고 다녔고
장년이 되고 나서는 세상 사는 이치를 살피느라
자주 길을 잃어버렸다
오늘 아침 문득 천왕봉을 바라보다가
오백 년 전에 눈을 뜨고 후학을 양성한
남명 선생의 흔적을 더듬어 보았다
임진년에 산천재에서 수학한 그의 제자들은
전국으로 흩어져 수백 수천의
의병을 일으켰다는 사실을 알게 되었다
난亂이 끝난 지 오백 년,
일제강점기를 벗어난 지 팔십 년이나 지났지만

아직도 눈을 뜨지 못한

왜놈들의 밀정이,

백주대낮에 술에 취해 거리를 활보하고

신성한 광복절 날 0시에 기미가요가

공중파를 타고 흘러나왔다

김구 선생의 혼이 서린 독립기념관에서는

친일파의 꼬붕이 앉아 파렴치한 요설을 늘어놓았다

아, 언제쯤 나는 지팡이 없이 길을 걸어가게 될 것인가

삼복이 지나고 처서가 되었건만,

찌는 듯한 더위는 그칠 기미를 보이지 않고

노을인지 피눈물인지 모를 뜨거운 것이 얼굴에

쏟아진다

아아 망국의 길에 들어선 지 일백사십 년,

이제 나는 경복궁으로 돌아가야겠다

근정전 용마루에 올라 곤룡포를 흔들며

천고에 붕어를 고해야겠다

824 정육의 날

계묘국치일을 아는가
을사오적의 전통을 이어받은 계묘오적들이
백주대낮에 대한민국의 주권을 포기한 날,
후쿠시마 원전 방사능 오염수로 삼십 년
식민지가 시작되었다
칠십 여년 수탈과 치욕의 시간 동안
왜구에 빌붙어서 자기 핏줄을 팔아먹은
친일매국노 후손들이 백 년도 지나지 않아
스스로 왜구의 개가 되었다
경복궁의 서까래까지 팔아먹은 역적들이
신령스런 바다를 도적질하고
무당마저 불러들여 굿판을 벌이고 있다
병자호란보다 임진왜란보다 치욕스런 이 땅을
무슨 명분으로 물려줄 수 있단 말인가
허락도 없이 주인의 땅을 내주고 바다도 내주고
도적의 무리를 따라가는 패륜아들을 뭐라고
불러야 하나
계절이 지나가는 풀벌레 소리에도 차마
고개를 들 수 없어 나는 내 커다란 몸뚱이를
마디마디 잘라 조장鳥葬할 수밖에

물안개를 배웅하다

가을 아침, 숲의 숨소리가 들린다
밤새 푸르게 울부짖던 그 소리,
새하얀 들짐승 되어 비천한다
골짜기마다 거꾸로 쏟아지는 폭포는
하루 동안 지상에서 쏟아낸 언어의 그물을
소나기로 쏟아놓았다
저 푸른 울음소리 그치고 나면 숲은
발갛게 질릴 것이다
가슴이 헛헛한 사람들이 숲의 마지막 숨소릴
들으려고 가장자리로 몰려오고
차마 말로 다 하지 못한 이별의 서러움을
떡갈나무 열매 속에 가두고
낙엽을 밟으며 돌아갈 것이다
숲에 다시 첫눈이 내리면
가으내 묻어 두었던 언어가 파르르 비늘을 털고
일어나 꽃잎처럼 하늘로 올라갈 것이다
첫사랑이 마중 나와 있던 그날처럼

지금은 석조시대

어떤 철학자가 임금에게 물었다
늙은 장군과 젊은 병사가 물에 빠졌을 때
한 사람만 구해야 한다면 누굴 구하겠냐고,
임금이 대답했다
당연히 장군을 구해야 한다고
장군을 하나 길러내는데 얼마나 많은 돈과 시간이
필요한지 아느냐고?
철학자가 다시 물었다
그럼 병사는 당신의 백성이 아니냐고,
임금이 대답했다
병사는 그냥 군수품에 지나지 않는다고,
알고 보니 그 임금, 한 번도 자식을 낳아 보지 않아
부모가 된다는 게 어떤 심정인지 알지 못했고
아이가 얼마나 큰 기쁨을 주는지 알지 못했다
할 줄 아는 거라고는 허구한 날 술 먹고
방귀 뀌는 것밖에 없어서
혹세무민하는 사이비 교주의 수제자인 여자의
기둥서방 노릇 하는 게 전부라고 했다
청년들이 수백 명씩 참사를 당하고 백성들이
홍수에 휩쓸려 수십 명씩 목숨을 잃어도
주지육림에 머리를 조아리는 인조의 뒤를 잇는
그를 일컬어 사관들은 석조石鳥라고 기록했다

하늘의 눈을 감기다

흰 쌀밥에 김 한 장 올려 밥을 먹는다
백설기인가
스노우 슬러시인가
극락의 혀가 입안을 맴돈다
담백하고 고소하고 짭짤한 풍미가 온몸에 퍼진다
불과 몇십 년 전만 해도 일 년에 한 번
생일날이 되어야 겨우 먹을 수 있었던
흰 쌀밥에 김 한 장,
집 나와 객지 생활을 하던 열일곱 살 무렵부터는
그마저도 사치였다
한 달 내내 공장에서 일을 해도
방세 내고 교통비하고 수업료 내고 나면,
눌린 보리쌀 한 봉지도 사기 어려워
밥을 먹는 날보다 굶는 날이 더 많았다
나는 분명 문명의 중심에서 살고 있었지만
존재 자체만으로도 빛이 날 수 있었던 시간들을
오래된 폐사지를 방황하는 들개처럼
하루를 살고 하루를 버텼다
오늘 아침, 반찬도 없는 양념간장에 비벼 먹은
흰 쌀밥은 지난밤 폐사지에서
밤새도록 나를 내려다보던 하늘의 눈이었다

북북 찢어 놓고

너도 죽으면 북으로 가고
나도 죽으면 북으로 간다
북망산천에 들고 나서야 생은 끝이 난다
제사도 북쪽을 향해 지내고
모든 물길은 북에서 남으로 흐른다
이 땅의 산맥들도 북에서 시작해 남쪽 땅끝에
이르러 눈물을 닦는다
명태가 죽어 내장을 비우고 대관령 산자락에서
눈 부릅뜨고
북쪽을 향해 입을 벌린 채 매달려 있는 것도
북쪽의 바람으로 몸을 말리고 나면
순한 맥박이 다시 뛰기 때문이다
북에서 왔다고 모두 빨갱이면
내 아버지도
네 어머니도
남쪽의 절반은 빨갱이다
단 한 번도 뜨거운 피 한 방울 누구를 위해
나눠준 일 없이
남의 피만 빨아먹으며
그 피로 청춘의 길바닥을 물들이고
그 피로 순박한 이 땅을 욕보이며

땀 흘린 적 없는 네가 빨갱이다
빨간 장미가 사랑의 꽃말이라는 것도 모르는
네가 진짜 매국노다

바다로 돌아가야 한다

본래 민물이었던 것,
사람들의 언어가 몰려오고
짐승들의 숨소리가 저장된 물방울이
산자락을 지나
지상의 가장 낮은 곳에서 하나가 되는 곳,
거기서 내 본분을 찾았다
하늘의 슬픔도 대지의 노래도 모두
물길의 소리를 알아듣는다
차곡차곡 물방울을 모아 별빛을 기다리는
검푸른 바람의 훈련장,
거기서 내가 숨 쉴 아가미를 찾았다
그리운 것들이 모여 태양의 입자를 녹이고
서러운 것들이 모여 달의 파도를 움직이는
생명의 자궁,
태초의 심장 소리가 저장되어 끊임없이
신화가 탄생되고 역사가 시작되는 파도의 고향,
그곳으로 돌아가야 한다
그곳에서 시작해야 한다
산 것과 죽은 것들이 손잡을 수 있고
추한 것과 아름다운 것들이
하나의 품속에서 깨어나는 또 하나의 하늘,

오후 네 시의 달

모든 것을 받아들이고 모두의 희망이 되는
신비한 물의 꽃을 피워야 한다

대마도로 가라

"나라를 팔아먹어도
나는 2번을 찍을 거다"
자랑스럽게 인터뷰하던 서문시장 아줌마,
그래, 지금은 살만하신가요
시장 상가도 문 닫는 데가 늘어나고
물가는 하늘 높은 줄 모르고
일제강점기 역사도 왜곡하고
독도마저 영유권 주장을 못 하고
군함도에 사도광산에 조선인 강제동원의
역사마저 파묻어버리는
무법 지경이 되었어도 후회하지 않나요?
목숨이 경각에 달린 시민들이 응급실을
뺑뺑이 돌다가 죽어 나가는데도 가짜 뉴스라고
뻔뻔하게 회견을 하는 총리대신이여
추석 명절이라고 주가조작 범인이
거리로 나와 임금 놀이를 하고
특검을 거부한 범인이 선량한 얼굴로
서민 코스프레를 하는 2024년 추석 무렵에
묻노니 자칭 보수들이여
망해 가는 이 나라를 눈앞에서 목도하니,
속이 시원하신가?

아직도 후회하지 않는다면

이제 당신들이 섬기는 주군을 모시고

당신들의 나라 대마도로 가라

여기는 더 이상 당신들의 땅이 아니다

도적질 그만하고 은혜도 모르는 왜놈들의 세상,

더러운 섬나라로 돌아가라

동강 나루 연가

나 다시 태어나면 문희마을 적벽강 나루터
객줏집 주모가 되리라
거문고 소리로 해가 저물고
노을의 심장이 뜨거워지면 낯설고 물선 사내 하나
가슴에 품고 달이 저무는 줄도 모른 채
밤을 지새우리라
아우라지 물길이 하회로 휘돌아 나가는
칠족령 동굴 속에 나비처럼 깃들리라
아우라지 뗏목 타고 서울로 떠난
사내의 베갯잇 더듬으며
그믐달이 저물 때까지 등잔불을 밝히리라
우리 어머니 무명 치마저고리 한 벌로
집 나간 아버지 기다리다 망부석이 되었던
그 바위 아래서
여섯 줄 거문고 가슴에서 꺼내어
나루터를 떠난 적 없는 물고기의 사무친 사연,
지문처럼 새기리라
강물이 풀리는 봄이 오면
문희마을 적벽강 나루터로 나가
어기여, 어기여, 어기여!
뗏목 밀고 내려오는 아우라지 사내를 만나

오후 네 시의 달

아주 오래전,

강물 따라 떠난 사내의 안부를 물어보리라

태초의 기별

물고기가 물속을 빠르게 헤엄치고
새들이 하늘을 빠르게 날아갈 수 있는 건
숨을 오래 참을 수 있기 때문이지
물과 바람의 저항을 피해
오랫동안 진화한 덕분이지
부드러운 것을 뚫고 앞으로 나갈 때는 날카로운
부리가 필요하지
머물러 있는 미래를 다녀오려면 물속에서도
하늘에서도 날개가 필요하지
날개에 시간을 더하면 비늘이 돋아나지
비늘에 그리움을 더하면 깃털이 돋아나지
사랑하는 가슴을 오래 들여다보면
날개가 돋아나는 걸 알 수 있지
아이들은 온몸이 비늘로 덮여 있어서
아무리 뛰어다녀도 쉽게 지치는 법이 없지
나이를 먹는다는 건, 비늘이 퇴화되어
깃털이 빠지는 일이지
그리움의 유효 기간이 저물면
숨을 오래 참아야 한다는 뜻이지
내가 숨 쉴 때마다 갈비뼈 사이로 비늘 같은
별 하나가 들어오고

내가 치어다 볼 때마다 다리 사이로 깃털 같은
물길이 생겨나
나도 누군가의 숨구멍이 되었다는 걸 알 수 있지
그리고 숨 쉬는 동안 단 한 번도 잊은 적 없다는
태초의 기별이 당도하고 나면
나도 비로소 그대 가슴에 묵은 별로 뜰 수 있지

오후 네 시의 달

펴낸날 2024년 10월 23일

지은이 김남권
펴낸이 주계수 | **편집책임** 이슬기 | **꾸민이** 이해린

기획 시와징후
펴낸곳 밥북 | **출판등록** 제 2014-000085 호
주소 서울특별시 마포구 양화로 156 LG팰리스빌딩 917호
전화 02-6925-0370 | **팩스** 02-6925-0380
홈페이지 www.bobbook.co.kr | **이메일** bobbook@hanmail.net

© 김남권, 2024.
ISBN 979-11-7223-039-5 (03810)